U0106099

看故事學語文

看故事學閱讀理解 2

字條中的秘密

方淑莊 著

新雅文化事業有限公司
www.sunya.com.hk

看故事學語文

看故事學閱讀理解 ②

字條中的秘密

作　　者：方淑莊
插　　圖：靜宜
責任編輯：葉楚溶
美術設計：何宙樺、游敏萍
出　　版：新雅文化事業有限公司
　　　　　香港英皇道 499 號北角工業大廈 18 樓
　　　　　電話：（852）2138 7998
　　　　　傳真：（852）2597 4003
　　　　　網址：http://www.sunya.com.hk
　　　　　電郵：marketing@sunya.com.hk
發　　行：香港聯合書刊物流有限公司
　　　　　香港荃灣德士古道 220-248 號荃灣工業中心 16 樓
　　　　　電話：（852）2150 2100
　　　　　傳真：（852）2407 3062
　　　　　電郵：info@suplogistics.com.hk
印　　刷：中華商務彩色印刷有限公司
　　　　　香港新界大埔汀麗路 36 號
版　　次：二〇一八年七月初版
　　　　　二〇二三年三月第三次印刷

ISBN: 978-962-08-7094-1

18/F, North Point Industrial Building, 499 King's Road, Hong Kong
Published in Hong Kong SAR, China
Printed in China

目錄

推薦序

會說故事的人，作文洋洋灑灑、舉一反三，能具體表達想說的道理，每次分數都有保證。

不會說故事的人，作文沉吟良久、字數乾枯、欲言又止，說的道理抽象難明，每次分數都沒保證。

會說故事、能說故事，不論學校還是職場，都無往不利。

方淑莊肯定是個會說故事的人。她從事中文教育逾十載，熱愛創作，一系列《看故事學語文》的專書深入淺出，大受歡迎，深獲家長和學子好評，難能可貴。

方淑莊獲香港大學中國語文及文學碩士學位，語文基礎扎實，她期望通過說故事的方式教育孩子，既有助學子學好語文，還有助培養學子建立健全的人格，讓品德情意在文字美感的陪伴下潛移默化，讓好奇心在故事情節的引領下翻出一個個充滿活力的筋斗。

此書作者生花妙筆、巧思連連。但我更加關注的是，她有兩個兒子，即是說，她將會是自己專書的用家，她一定會在現

實生活不斷驗證，以便說更多小朋友、甚至成年人都喜歡的故事。

時間、地點、人物、起因、經過、結果，此記敍六要素，幾乎已成說故事的定式，且看創作經驗豐富的方淑莊，如何突破框框，呈獻精彩的故事，刻劃難忘的角色。

蒲葦

蒲葦簡介

資深中學中文、文學科主任，明報教育專欄作者、教學參考書編者、大學中文教學顧問，多次應邀主講寫作及教學講座。編著作品包括《我要做中文老師》、《寂寞非我所願》、《說話考試不離題》、《DSE 中文科 16 課必考文言範文精解》等。

自序

每次來到考試的季節，家長都會很緊張，雖說求學不是求分數，但情緒免不了會被考試分數所牽動。為了協助子女發揮最佳表現，父母使盡渾身解數，陪太子讀書也不在話下。說到最令父母頭疼的科目，中文科一定逃不過。

中文科考試就像「打大佬」，原因是考核的內容夠多，範圍夠廣，靠努力之餘，還要靠一點點運氣。

說來也是，能在中文科取得佳績，單靠溫習課本並不足夠。曾有二年級的家長告訴我，經歷過差不多兩年的考試，他得出了一個結論，中文試卷的試題分為兩類，第一類是可預備的，例如填充、標點、造句、各種語文知識運用、課本上的成語及詩詞等，它們溫習時皆有路可尋，只要學生多下苦功，要「穩陣」過渡絕對不難。第二類是無須預備的，例如重組句子和閱讀理解等。原因不是因為他覺得自己的孩子很有本事，而是儘管下了苦功，也是徒然，他說罷苦笑了一下。從他的眼神中，我深深感受到一份無奈。我同意閱讀理解殺人於無形，因為多勤奮的學生也可以敗在它手中。

「我買了好幾本補充練習，孩子天天都在做閱讀理解，不知道為何他總在這部分失分最多。」這句說話道出了不少家長的心聲。做閱讀理解練習對認識考核模式、題型、速度控制也有好處，卻用不着每天埋頭去做。透過操練來提升做閱讀理解的能力，恐怕會得不償失，未收成效已減低了孩子的學習興趣。

那不用苦練，難道只能單靠閱讀課外書？長遠來說，多閱讀一定能提升語文能力，但要提升做閱讀理解時的準繩度卻未必能立竿見影。

不少學生做閱讀理解像做心理測驗一樣，隨心而選，結果慘不忍睹，原因是他們欠缺適當的策略。面對着一篇陌生的文章，如何能夠有效地理解內容，並準確地選取答案、推敲詞語意思、歸納人物性格、選詞填充等，都有一套具體而有效的方法。只要能好好掌握和運用，做閱讀理解就不是一件難以捉摸的任務了。

方淑莊

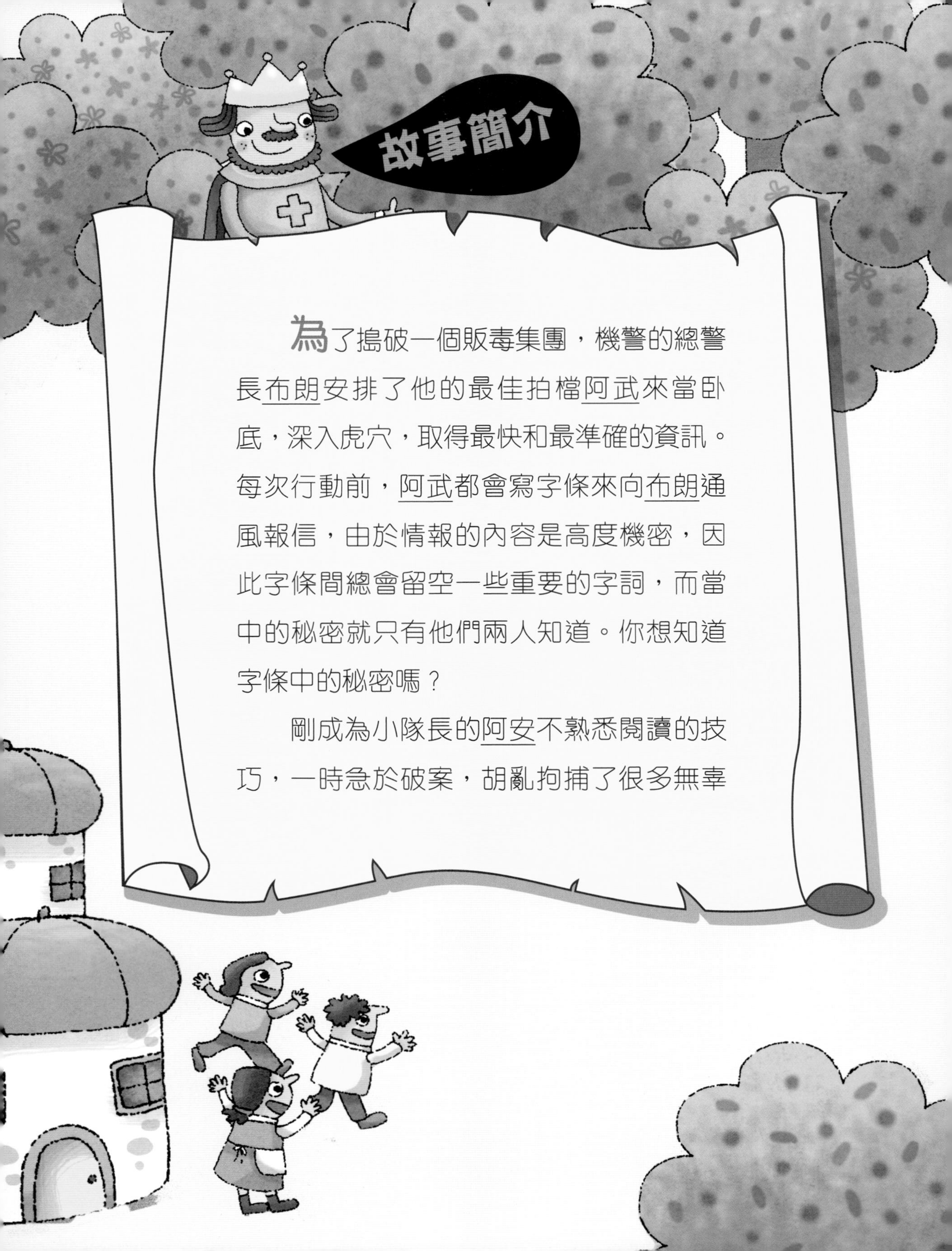

為了搗破一個販毒集團，機警的總警長布朗安排了他的最佳拍檔阿武來當卧底，深入虎穴，取得最快和最準確的資訊。每次行動前，阿武都會寫字條來向布朗通風報信，由於情報的內容是高度機密，因此字條間總會留空一些重要的字詞，而當中的秘密就只有他們兩人知道。你想知道字條中的秘密嗎？

剛成為小隊長的阿安不熟悉閱讀的技巧，一時急於破案，胡亂拘捕了很多無辜

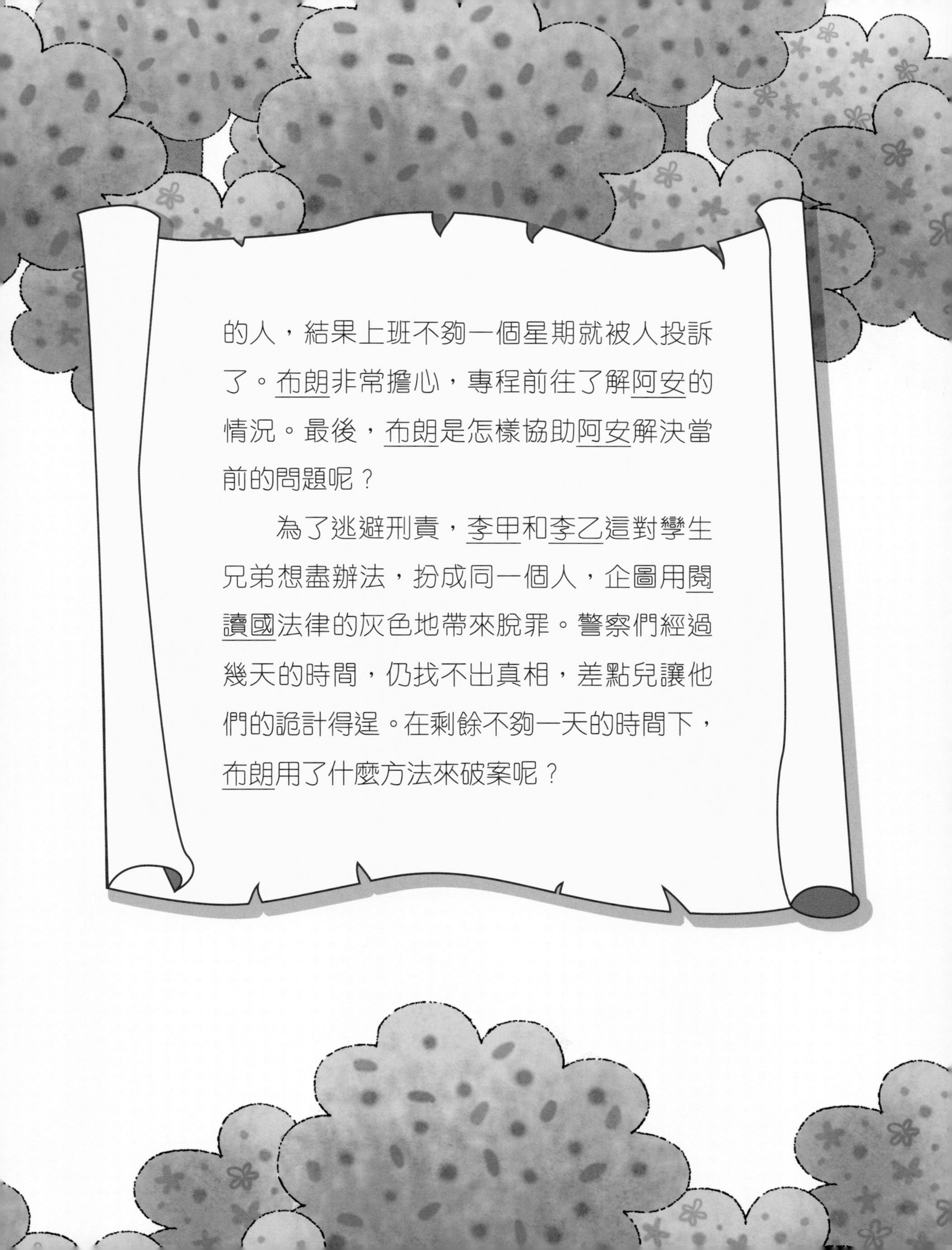

的人，結果上班不夠一個星期就被人投訴了。布朗非常擔心，專程前往了解阿安的情況。最後，布朗是怎樣協助阿安解決當前的問題呢？

為了逃避刑責，李甲和李乙這對孿生兄弟想盡辦法，扮成同一個人，企圖用閱讀國法律的灰色地帶來脫罪。警察們經過幾天的時間，仍找不出真相，差點兒讓他們的詭計得逞。在剩餘不夠一天的時間下，布朗用了什麼方法來破案呢？

閱讀技巧一：詞語推斷

字條中的秘密

最近，閱讀國來了一個犯罪集團，到處作奸犯科[1]，令市民人心惶惶[2]。總警長布朗收到情報，知道他們將進行一宗毒品買賣，為了將他們一網打盡，便安排了資深警察阿武作臥底[3]，潛伏在首領阿虎的身邊。阿武深入虎穴，就是為了取得最快和最準確的資訊，因此每當他知道任何消息，就會第一時間寫字條通知布朗，務求把犯罪的人繩之以法[4]。

釋詞

① **作奸犯科**：為非作歹，做違法亂紀的事。
② **人心惶惶**：形容人的內心驚恐不安。
③ **臥底**：埋伏在敵方，打探消息或做內應。
④ **繩之以法**：以法律為準繩，給以制裁或處治。

由於字條的內容是高度機密，絕不能讓其他人知道，即使是負責送字條的人也不例外。雖然他們在傳送字條時非常謹慎[①]，但是以防萬一，布朗已經做好事前的功夫。他跟阿武各自擁有一本內容相同的書，裏面有着不同的文章，表面是用作消遣[②]閱讀之用，實際上卻包含了很多通訊密碼。每次有新的情報，阿武都會寫字條，並會故意留空一個重要的詞語，然後提示布朗要從哪一篇文章中選出合適的詞語，使句子完整。這個方法可以確保除了他們兩人外，沒有人可以看得明白字條的內容。

前幾天，布朗得悉阿虎將要行動了，他

釋詞

① 謹慎：言行小心、仔細。
② 消遣：用感興趣的事來打發空閒時間或排解愁悶。

要把毒品運送到市集裏的一間拉麪店。布朗雖然掌握了那次交易的時間和地點，卻不知道由誰來運送毒品，為了能更準確地破案，便請阿武來幫幫忙。阿武趁阿虎安排工作時，假意[1]有事找他，乘機偷偷地觀察了一下那手下的外表，然後寫了一張字條，命人交給布朗。

可是，正當布朗等待着字條的時候，突然被國王緊急召見，要馬上到王宮一趟。他本來不想把這件重要的事情假手於人[2]，卻不得違抗國王的命令，無可奈何下，只好交託[3]他最信任的警員——家樂先生，讓他與

釋詞

① **假意**：裝出某個動作，或指不是出自本心的情意。
② **假手於人**：借助別人來為自己辦事。
③ **交託**：將事情交付、委託給他人處理。

阿武聯絡了。布朗把事情交代清楚後，還把那本書交給他，吩咐他好好辦事，便出發到王宮去了。

家樂不敢怠慢[1]，留在警察局裏等待着字條。不久，一個神秘人把一封信交到布朗的辦公室，那正是阿武寄來的字條。

> 晚上十時，那人會到拉麪店。他快將四十歲了，但看起來很 ＿＿＿＿＿＿＿＿，像一個剛畢業的大學生。（P.9）

家樂從來沒有做過類似的任務，感到既興奮又緊張，連忙翻到書的第九頁，仔細地看着文章，想找一個合適的詞語。他嘗試把不同詞語填在句子中，喃喃[2]地唸着，看看句子是否通順。

釋詞
① 怠慢：鬆懈、懶散。
② 喃喃：連續不斷地小聲說話，或小聲地自言自語。

國家的污染愈來愈嚴重，空氣質素很差，所以國王推行了環保活化計劃，把原本是工業村的北村變成一條綠化村，改善一下附近的環境，吸引更多人入住。

他請了全國最有名的園藝師和建築師進行活化的工作，令北村煥然一新[①]。他們在村裏的空地上移植了幾棵樹，它們的樹幹很幼，應該還很年青，樹上長滿翠綠的葉子，像一把把綠色的傘子。國王還在樹下增設了幾把長椅子，讓人可以坐在綠蔭樹下欣賞風景。他們還在村裏修了一個大花壇，用了不同的花朵堆砌[②]出一個國王的人像，看起來很強壯，十分宏偉。

家樂興奮地說：「找到了！找到了！答案就是『強壯』！」他把字條上的句子讀了好幾遍，覺得句子非常通順，認為自己選的答案一定是正確的。說罷就帶着一隊警察出動，他說：「我們要捉的人是一個四十歲左右的男子，看起來很強壯，他會在晚上十時左右到達拉麪店。」

拉麪店已經關門了，所以附近的人不多，警察們埋伏在市集中，眼睛一直盯住拉麪店的門口，等待着那個強壯的男子出現。這時，一個男人帶着一個大袋子走進店裏，家樂一看那個男子，看起來只有二十多歲，

釋詞

① **煥然一新**：形容出現了嶄新的面貌，給人一種全新的感覺。

② **堆砌**：層疊累積。

加上身材瘦削[1]，不符合字條中所形容的條件，認為只是個來送貨的人，便沒有理會他。過了一會，一個身形強壯的中年男子來了，他扛着一個大袋子，急忙地走進店裏。家樂覺得那人正是阿虎的手下，正運送一批毒品，便指揮警員把他抓住，翻開袋子來檢查。誰不知，袋子裏放着的是一團團麪粉團，那男子是真正的送貨員。

家樂覺得很莫名其妙[2]，只好收隊回到警察局。剛巧布朗從王宮回來，知道任務失敗了，便向家樂了解整件事的來龍去脈[3]。他拿起阿武傳來的字條看了又看，便說：「那

釋詞

① **瘦削**：形容身體或臉很瘦。

② **莫名其妙**：沒法說明它的奧妙或道理，表示事情很奇怪，使人不明白。

③ **來龍去脈**：比喻人、物的來歷或事情的前因後果。

拉
麪
拉
麪

個看起來只有二十多歲的男子，才是我們要找的人。」

家樂還是覺得很疑惑，說：「但我把句子填上『強壯』一詞是十分通順的。」可是，布朗搖搖頭說：「我們填上的詞語不但要使句子變得通順，還要考慮句子的前文後理呢！」

晚上十時，那人會到拉麪店。他快將四十歲了，但看起來很 ________，像一個剛畢業的大學生。（P.9）

布朗拿着字條細心地講解着：「沒錯，這裏應填上一個形容詞，但你要留意一下句子前後的提示。他快將四十歲，可是看起來像個剛畢業的大學生，説明阿武想表達的是那人的外表還很年輕或青春這一類的詞語，應該填上『年青』一詞才對呢！」

話未説完，又有人把一封信交到布朗的辦公室，相信這次他們一定能夠正確地解讀阿武的字條，成功把壞人緝拿歸案[1]了。

釋詞 ① **緝拿歸案**：將犯罪分子逮捕，審訊結案。

警察家樂只講求句子的通順，沒有留意前文後理，選了一個錯誤的詞語，結果抓住了一個麪粉團的送貨員，錯過了拘捕毒販的機會。如果布朗能夠早點回來，一定能夠運用「詞語推斷」的方法，成功解讀阿武的字條。

甚麼是「詞語推斷」？

「詞語推斷」是指句子中缺少了一個詞語，需要透過句子的上文下理來找出合適的詞語，使句子完整、通順、合理。

如何使用「詞語推斷」？

做閱讀理解時，我們經常會遇到填充題，即是要從文章中找出一個適當的詞語填在文章以外的句子中。

要處理這些題目，我們可以使用「詞語推斷」，以句子中的前文後理找出適當的詞語，填在句子中。這大致分為三個步驟：

步驟 1： 先閱讀句子，判斷所需詞語的詞性，如動詞、名詞、形容詞等，有時也可推測詞語屬於褒義、中性或貶義。

步驟 2： 從句子的前文後理推斷詞義，即詞語所表達的意思。

步驟 3： 根據得出的推測，在文章中找出答案。

例子：

晚上十時，那人會到拉麪店。他快將四十歲了，但看起來很＿＿＿＿＿＿＿，像一個剛畢業的大學生。 (P.9)

步驟 1： 詞語的前面是「很」字，應加上形容詞。

步驟 2： 他快將四十歲，可是看起來像個剛畢業的大學生，大概是想形容外表還很年輕或青春的意思。

步驟 3： 在文章中，只有「年青」一詞符合句意，所以答案是「年青」。

請在以下文章中找出適當的詞語，填在橫線上，使句子完整。

一、

每逢三月，我家後院的木棉樹都會長出豔紅的鮮花。這時，我們一家人都喜歡到後院去。外公和爸爸喜歡坐在樹蔭下聊天喝茶；外婆忙着在樹下撿拾木棉花，她把新鮮掉下來的花曬乾，用來煮涼茶；我和妹妹追着飄落着的棉絮，留來做棉襖；媽媽一面看着盛開的木棉花，一面唱着「紅紅的花開滿木棉道，長長的街好像在燃燒」。

1. 妹妹不小心把一袋糖果灑落在地上，我連忙幫忙 ________________ 起來。

2. 春天到了，花園裏百花 ________________ ，形成一個花海，吸引了大批遊人來拍照。

二、

明天是爸爸的生日，我想送給他一份別出心裁的禮物，可是我在商店逛了半天，還是找不到，所以我決定親手做一個蛋糕。

這是我第一次親手做蛋糕，於是我先上網查看食譜，再到超級市場購買材料。我把所有材料準備好，然後按着步驟去做。首先，我把蛋打入麪粉裏，加上白糖和奶油均勻攪拌，直到麪糊起泡沫。接着，我把攪拌好的麪糊放進焗爐裏，可是我一不小心，竟然把盤子翻倒在地上，看着地上的麪糊，我幾乎要哭出來。

我收拾好心情，決定重新再做。我吸取了上次的教訓，小心翼翼地做每一個步驟，終於成功了，一個香味撲鼻的奶油蛋糕出爐了。

1. 哥哥的成績一向好，結果能 ________________ 考入大學，我們一家人高興極了，還為他舉行了一個慶祝會。

2. 姊姊希望將來可以成為一位廚師，於是她在書店買了兩本新 ________________ ，在假期時學習煮菜。

閱讀技巧二：故事重組

另有別情

阿安是個新來的警察，不但身手敏捷，而且非常勇猛，每次查案都會奮不顧身，拚命把賊人捉拿歸案。上個月，南村發生了一宗可怕的案件，幾個體格魁梧[1]的男人在村裏大肆[2]搶劫、放火，他們帶着很多武器，最後還走進村長羅賓的家裏，把村長綁了起來，威脅警察們要安排馬車，讓他們安全離開。警察到場，看到村長家前面放置了很多

釋詞
① **魁梧**：身材強壯高大。
② **大肆**：放肆，毫無顧忌。

炮彈，都不敢輕舉妄動[①]，只有阿安處變不驚，找出一條密道，潛入家中救人，最後成功救出村長，還把幾個劫匪繩之以法。

總警長布朗覺得阿安聰明機智，而且有勇有謀[②]，是一個好警察，決定讓他晉升[③]為東村分局的小隊長。可是，過了不夠一個星期，布朗就收到一封關於阿安的投訴信，大概就是控訴他胡亂拘捕無辜[④]的人，把案件弄得一團糟。布朗知道後甚為緊張，專程去找阿安了解一下情況。

布朗到達警察局時，阿安正在房間裏工

釋詞

① **輕舉妄動**：不經慎重考慮，盲目行動。
② **有勇有謀**：既有膽量又有計謀。
③ **晉升**：提高職位或級別。
④ **無辜**：沒有罪。

作，他的案子上堆滿了文件，樣子看起來很煩惱。前幾天，村裏發生了一宗襲擊[①]案，一個叫馬達的商人與他公司的會計師寶尼因被襲擊而暈倒，現住在醫院裏。阿安到過現場了解，發現二人同是頭部受傷，手上各自

拿着一個破了的酒瓶。從表面看來，應該是二人因爭執而互相襲擊。可是，馬達先生的傭人小菲卻覺得另有別情，為了協助查清真相，她寫下案發當晚的經過。阿安看過小菲寫的紀錄後，覺得不知所措，因為他是一個閱讀能力很弱的人，一看到大篇文字，就覺得十分混亂，看了幾遍，還是弄不清楚整件事情的經過。

阿安很焦急想破案，只好把在小菲寫的紀錄中出現過的人都捉了回來，困在牢獄[2]裏。先是美喬

釋詞

① **襲擊**：出其不意地攻擊。
② **牢獄**：監獄。

小姐、金寶先生，然後是德榮先生、占士先生，甚至是馬達先生的父親，結果案件未破，就被人投訴了。

小菲把案發當晚的事情仔細地寫了出來，為阿安提供了很重要的線索。可是，紀

錄雖按時間順序，但中間卻加插了一些回憶情節和説明，像是上個月馬達和金寶吵架的原因，還有幾個月前寶尼加入公司的原因。加上，當中也出現了很多人物，這令閱讀能力很弱的阿安覺得更混亂。

小菲寫的紀錄：

馬達先生平日很早睡覺，但昨天深夜，書房裏傳來一些嘈雜聲，我便到門外看看，只聽見他在講電話，說：「公司的買賣單據有點問題，過來解釋一下！」

過了一會兒，他的生意伙伴金寶先生來了，他也是馬達先生的女朋友美喬小姐的哥哥。他們一向感情要好，但自從金寶染上賭癮，欠下巨債後，他的性情大變，二人為了生意上的問題經常吵架。記得在上個月，馬達先生想跟他的好朋友德榮先生做買賣，但寶尼則反對。

不久，馬達先生發現寶尼暗中把貨品賣給富商占士先生。

我為他們端上熱茶，只見馬達先生坐在沙發上沒有作聲，而金寶先生則在徘徊，看起來很苦惱。過了一會兒，又有人了，這是一個很慈祥的老伯伯，名叫寶尼。我記得他是馬達先生早幾月前請來的會計師，聽說是馬達先生父親的好朋友，對馬達一向很照顧，由於公司的財政出現了一些問題，所以他是來專責查核公司買賣單據的。他拿着一大疊文件像箭一般走到書房，說：「證據在這裏！」

馬達先生說他們有要事處理，吩咐我工作後回到房間休息，其他事情不用

理會。不久，我聽到他們在大聲說話，接着聽到「咔嚓」的一聲，聽起來像打破玻璃的聲音，我不敢打擾他們，只是探頭偷看了一下。然後，我看見金寶先生氣沖沖地走了出來，當他正準備出門離開時突然折返，他故意向着我的方向，大聲說了一句：「我先走了，你們好好談一下。」我覺得十分奇怪。

過了很久，書房也是靜悄悄的，沒有傳出過任何聲音。直到今早，我走進書房就看到二人受傷躺在地上，我覺得很迷惑，我不知道是他們二人因爭執而打架，還是另有別情。我很驚訝，因為馬達先生是一個又冷靜又有風度的男士，不可能會傷害別人。

布朗一手拿起紀錄來看，而且很快就知道案件的真相。他明白阿安的難處，但是為了幫助阿安，讓他學會處理大篇文字，布朗想了一個辦法，說：「讓我們來整理一下小菲寫的文字。」他請阿安先找出事件中的主要人物，把不在場、不重要的人物刪去，避

免把注意力放在與事件不相關的人物上，如美喬小姐、馬達先生的父親、占士先生等，從而接收了不重要的信息。

接着，布朗對阿安說：「現在，你只需要回答我幾個簡單的問題。」

一、 主要人物是誰？

二、 事情發生的時間？

三、 事情發生的地點？

四、 事情發生的原因？

五、 事情發生的經過？

六、 事情發生的結果？

七、 主要人物有何感受？

阿安認真地回答着問題，布朗就按着他所說的話寫了一個列表，說：「以後，按着這個方法來組織案件，你就可以更清楚事情的來龍去脈了。」

人物	小菲——傭人，很關心馬達先生的生活，對他也很了解。 馬達——商人，又冷靜又有風度的男士。 金寶——生意伙伴，染上賭癮，欠下巨債後，性情大變，常為生意的事情跟馬達吵架。 寶尼——慈祥的老伯伯，對馬達一向很照顧，是專責查核公司買賣單據的會計師。
時間	晚上
地點	馬達的家
事情	原因：馬達發現公司的買賣單據有問題，請金寶和寶尼來商討。金寶先來到馬達家，看起來很苦惱。之後，寶尼來到，還説自己帶了證據。

事情	經過：小菲聽到他們大聲說話，然後傳來打破玻璃的聲音。不久，金寶氣沖沖地走了出來要離開，卻故意向着小菲的方向說話，之後馬達和寶尼一直沒有離開書房，房間裏也一直沒有傳出任何聲音。
	結果：第二天早上，小菲發現馬達和寶尼頭部受傷，暈倒在地上。
感受	小菲覺得金寶的行為很奇怪，也不相信馬達會出手傷人，認為事件另有別情。

阿安一看，終於把事情弄清楚了。你們知道事件的真相嗎？

阿安是一個閱讀能力很弱的人，處理大篇文字時，總是不知從何入手。他看過小菲寫的紀錄後，覺得十分混亂，甚至看了幾遍，還是弄不清楚整件事情的經過，結果把一些跟案件不相關的人都拘捕了，被人投訴。

幸好布朗用了一個「故事重組」的方法，透過提問來找出案件中的重要的信息，讓阿安能把事情弄清楚。

甚麼是「故事重組」？

「故事重組」是透過提問來找出故事中較為重要的信息，並以列表的方法來記錄，從而提升閱讀和理解的效果。

如何使用「故事重組」？

我們做閱讀理解時，如果遇到篇幅較長的文章，而文體是記敘文時，就可以使用「故事重組」。透過找出故事的重點，就可以對事情的發展及經過一目了然，也能輕鬆地理解文章的重點了。

當你做閱讀理解時，試試找出下列的重點：

一、 主要人物是誰？

二、 事情發生的時間？

三、 事情發生的地點？

四、 事情發生的原因？

五、 事情發生的經過？

六、 事情發生的結果？

七、 主要人物有何感受？

請細閱文章，思考下列的問題，並以「故事重組」的方法填寫表格。

上星期五是學校假期，不用上課，我和弟弟留在家裏，整天百無聊賴，便決定要找些有趣的事來做。

我們走在電腦面前，看見屏幕是開着的，便坐下來模仿爸爸工作時的樣子。弟弟在鍵盤上假裝打字，傳出「噠噠噠」的聲音，還裝出一副認真工作的樣子。我就拿着滑鼠亂按一通，突然，按出了一個上面寫着「刪除」的畫面，我還未反應過來，弟弟便大力地拍了我的手一下，令我不小心按了「確定」，我看到桌面上的檔案少了一部分，卻不知道把什麼東西刪除了。

晚上，爸爸下班回來，便走到電腦前準備工作。他一打開電腦，不禁大聲地說：「文件到哪裏去了？」他一邊找，一面緊握着拳頭，看起來十分緊張。這時，我和弟弟走到爸爸旁邊，把我們做的「好事」告訴他。原來，我們刪除的正是他昨晚通宵做好的文件。爸爸生氣極了，把我們罵個狗血淋頭，我和弟弟都後悔極了！

想一想下列問題：

一、 主要人物是誰？

二、 事情發生的時間？

三、 事情發生的地點？

四、 事情發生的原因？

五、 事情發生的經過？

六、 事情發生的結果？

七、 主要人物有何感受？

人物	________________
時間	________________
地點	________________

<table>
<tr><td rowspan="3">事情</td><td>**原因**：因 ________________ 不用上課，我和弟弟留在家裏，整天 ________________，決定要 ________________ 來做。</td></tr>
<tr><td>**經過**：我們看到電腦的屏幕是開着，便坐下來模仿 ________________。我拿着 ________________ 亂按一通，按出了一個上面寫着 ________________ 的東西，還被弟弟拍了一下，按了「確定」，不知道把什麼東西刪除了。</td></tr>
<tr><td>**結果**：原來我們刪除的是爸爸昨晚 ________________。爸爸知道後很 ________________，把我們罵個 ________________。</td></tr>
<tr><td>感受</td><td>我們都感到很 ________________。</td></tr>
</table>

閱讀技巧三：行為分析

誰是哥哥？誰是弟弟？

李甲和李乙是對孿生[1]兄弟，樣子長得一模一樣，但性格卻迥然不同[2]。哥哥李甲為人踏實，做事勤奮；弟弟李乙為人狡猾，做事苟且[3]。

前陣子，李乙因牽涉一宗偷竊案被拘捕，但是在等候審判的期間逃跑了，經過警方四出搜查，終於得悉他躲在樹林的一間破屋裏。可是，當警察到達破屋時，發生了一件奇怪的事，屋內正坐着兩個樣貌相同

釋詞

① **孿生**：雙胞胎。

② **迥然不同**：完全不同，相差很遠。

③ **苟且**：只顧眼前，得過且過，或指敷衍了事、馬虎。

的人，都稱自己是李乙，他們穿上相同的衣着，用上相同的説話語氣，看起來像同一個人，根本沒有人能看出二人有任何分別。

警察們把他們帶到警察局，經過六天的盤問[①]，還是不能辨別誰是李甲，誰是李乙。根據閱讀國的律法，在拘捕疑犯一星期後仍未找到足夠的證據，便要把疑犯釋放和銷案[②]，而且事後不得再追究。警察們

知道李乙正想用這個方法為自己脫罪，在無可奈何下，只好把事情告知布朗總警長，希望他能有更好的辦法，不要讓李乙的詭計[3]得逞[4]。

布朗來到查問室，上下打量了李家兩兄弟，說：「你們的外表和説話語氣都是一模一樣的，我們實在不能判斷誰是李乙，相信很快就要釋放你們了，真拿你們沒辦法！」警察們聽到布朗的話，嚇得目瞪口呆[5]，竊

釋詞

① **盤問**：反覆、仔細的查問。
② **銷案**：撤銷案件。
③ **詭計**：狡詐的計謀。
④ **得逞**：計謀實現，目的達成。
⑤ **目瞪口呆**：瞪着眼睛說不出話來。形容受驚後呆住的樣子。

竊私語[1]地說：「就這樣放過他們？這個總警長是怎麼當的？」布朗想了想，繼續說：「事實上，你們當中一人就是李乙，他又確實是犯了罪，不能就此作罷。這樣吧！我們的清潔工人剛巧病了，就由你們來替代，打掃好警察局的後院，當作是將功補過[2]。」

李甲和李乙二人心中暗喜[3]，以為計劃成功了，李甲心想：為了不讓弟弟受牢獄之苦，我做什麼都願意。李乙心想：只是打掃一下後院就不用坐牢，太便宜了吧！真後悔當初沒多偷一些金子。

布朗把他們分別放在兩個不同的地方——東後院和西後院，但給予同樣的任

釋詞

① **竊竊私語**：私下小聲交談。
② **將功補過**：用功勞來補償過失。
③ **暗喜**：心中暗自高興。

務，就是為人造魚池換上一些水，還有清理花圃中的雜草和地上的石頭，把它們運送到山腰的堆填區。然後，他命人暗中監視，並記錄他們的一舉一動。而他就出發到李甲和李乙住的地方，向他們的朋友、鄰居查問，看看他們的性格特點。

大半天過去，布朗回來了，他細心地看着二人的工作紀錄。

負責打掃東後院的疑犯很認真地打掃着，他不想傷害花圃裏的植物，只是用手輕輕地拔去雜草，還把地上的石頭放到一個大

桶子裏，分幾次把石頭和雜草扛到後山的垃圾堆填區。雖然滿頭大汗，但是沒有坐下來休息，連水也沒喝過一口。

然後，他用木桶從井裏打水，給魚池換上乾淨的水。途中，那個破舊的木桶出現了一道裂縫[①]，他還花了一個小時細心地修補。完成工作後，他還主動翻鬆花圃中的泥土。

負責打掃西後院的疑犯先拿起一把大剪刀來清理花圃中的雜

釋詞 ① 裂縫：裂開成狹長的縫隙。

草，很快就把雜草剪完，卻同時把幾朵鮮花剪了下來。

他隨手拿起路旁的一個大袋子來盛路上的石頭，可是沒注意到袋子有一道裂縫，當盛上石頭後，袋子突然破開，石頭散落一地。他很生氣，用力踢了一下那個破袋子，然後拿起掃帚，把石頭堆在井口附近。他左顧右盼[①]，確保沒有人在附近，然後把石頭拋到井裏去。

他瞄了一下魚池，便把那個破舊的木桶掉在一旁，用一根長

釋詞 ① 左顧右盼：向左右兩邊看；或指東張西望，心中不安的樣子。

竹子把池裏的垃圾和落葉挑起，沒有替魚池換上新的水。他很快完成了工作，坐在樹蔭下休息了很久。

看罷二人的工作紀錄，布朗肯定地指着那個在西後院打掃的人，說：「他正是李乙，快把他捉住！」眾人都感到很驚訝，究竟布朗是如何得知負責打掃西後院的疑犯就是李乙呢？

為了脫罪，李甲和李乙故意穿上相同的服飾，說話時用上相同的語氣，旁人根本無法把他們分辨出來。因此，布朗只好派人暗中觀察他們，並在工作紀錄中找出二人的行為來分析，然後歸納出二人的性格，從而找出「為人狡猾，做事苟且」的李乙。

甚麼是「行為分析」？

「行為分析」是從文章中找出人物所做的事，從而歸納出人物的性格特點。

如何使用「行為分析」？

這個技巧較適用於一些需要分析人物性格的題目，一般有三個步驟：一、從文章中找出人物所做的事；二、分析人物在各事件中的表現；三、歸納出人物的性格特點。

例子：

負責打掃西後院的疑犯先拿起一把大剪刀來清理花圃中的雜草，很快就把雜草剪完，卻同時把幾朵鮮花剪了下來。

他隨手拿起路旁的一個大袋子來盛路上的石頭，可是沒注意到袋子有一道裂縫。當盛上石頭後，袋子突然破開，石頭散落一地。他很生氣，用力踢了一下那個破袋子，然後拿起掃帚，把石頭堆在井口附近。他左顧右盼，確保沒有人在附近，然後把石頭拋到井裏去。

他瞄了一下魚池，便把那個破舊的木桶掉在一旁，用一根長竹子把池裏的垃圾和落葉挑起，沒有替魚池換上新的水。他很快完成了工作，坐在樹蔭下休息了很久。

一、找出人物所做的事：

1. 用大剪刀來清理花圃中的雜草，卻同時把幾朵鮮花剪了下來。
2. 他隨手拿起路旁的一個大袋子來盛路上的石頭，可是沒注意到袋子有一道裂縫。
3. 他左顧右盼，確保沒有人在附近，然後把石頭拋到井裏去。
4. 用一根長竹子把池裏的垃圾和落葉挑起，卻沒有替魚池換上新的水。

二、分析人物在各事件中的表現

事件 1 → 除雜草時把鮮花也剪掉 → 做事苟且

事件 2 → 沒有注意到袋子有一道裂縫，便隨手拿來用 → 做事苟且

事件 3 → 以為沒有人看到，就把石頭拋到井裏 → 為人狡猾

事件 4 → 用一根長竹子把池裏的垃圾和落葉挑起，假裝已替魚池換上新的水 → 為人狡猾

三、歸納人物的性格特點

從人物在事件中的表現得知，人物的性格與「為人狡猾」和「做事苟且」有關。

請細心閱讀文章，嘗試用「行為分析」方法來回答下列題目，將答案填在橫線上。

一、

張星是學生眼中的好老師。每天早上，他總是最早回到學校，準備教學的工作；中午的時候，他不會外出午餐，留在教員室裏，一面吃麪包，一面批改學生的習作；到了放學後，他會留在學校為成績稍遜的學生補課。

記得有一次，張老師生病了，為了不影響學生的學習進度，他仍然每天回到學校工作，學生們看到他一臉倦容仍堅持上課，十分感動，大家都比平日更專心聽講呢！

張老師是一個怎樣的人？完成 1-9 題後，將答案填在第 10 題。

A. 用心盡責　　B. 小心謹慎

C. 熱心助人　　D. 勇於嘗試

行為分析

找出人物所做的事：

1. 每天早上，他總是 ________________，準備 ________________。
2. 中午的時候，他不會外出 ________________，留在教員室裏，一面吃麪包，________________。
3. 到了放學後，他會 ________________。
4. 為了不影響學生的學習進度，有一次他 ________________了，還堅持 ________________。

分析人物在各事件中的表現：

5. 事件 1 ➔ 用心 ________________ 教學工作 ➔ 用心
6. 事件 2 ➔ 用心批改 ________________ ➔ 用心

7. 事件 3 ➔ 用心教導 ________________

➔ 用心

8. 事件 4 ➔ 對 ________________ 工作盡責

➔ 盡責

歸納人物的性格特點：

9. 從人物在事件中的表現得知，人物的性格與工作 ________________ 有關。

10. 所以答案是 ________________ 。

二、

每天放學後，哥哥總是先看電視，再玩玩具，然後才馬虎地完成功課。有一次，媽媽要加班工作，很晚才回家，哥哥知道後可高興了，心想：這次可以玩個夠了。

他一回家，便忙着看漫畫，吃零食。然後，坐在沙發上看他最愛的動畫卡通，看得累了，便躺下來睡覺。不知不覺到了晚上，媽媽下班回來了，看到哥哥不但沒有做功課，連晚飯也沒有吃，十分生氣。於是，媽媽給哥哥請了一個上門補習老師，專門教他做功課。

老師上來補習的第一天，哥哥假說自己忘記帶功課回家，請老師先離開；第二天，他又假裝肚子痛，老師拿他沒辦法，只好回家去了。

哥哥是個怎樣的孩子？完成 1-7 題後，將答案填在第 8 題。

A. 貪心無厭　　B. 貪玩懶惰

C. 三心兩意　　D. 聰明機警

行為分析

找出人物所做的事：

1. 每天放學後，哥哥總是先看電視，再玩玩具，

_______________________________。

2. 媽媽要 ______________________，他只顧玩樂，沒有 ______________________ 和 ______________________。

3. 補習老師來到，他一時假說 ______________________，一時假裝 ______________________，目的是不想補習。

分析人物在各事件中的表現：

4. 事件 1 → 只顧玩樂，馬虎做事 → ______________

5. 事件 2 → 只顧玩樂，忘記正事 → ______________

6. 事件 3 → 逃避補習 → ______________

歸納人物的性格特點：

7. 從人物在事件中的表現得知，人物的性格與 ______________________ 有關。

8. 所以答案是 ______________________。

《字條中的秘密》（P.25-26）

一、1. 撿拾

2. 盛開

二、1. 成功

2. 食譜

《另有別情》（P.44-45）

人物	我和弟弟
時間	上星期五
地點	家裏

事情	**原因**：因 學校假期 不用上課，我和弟弟留在家裏，整天 百無聊賴 ，決定要 找些有趣的事 來做。
	經過：我們看到電腦的屏幕是開着，便坐下來模仿 爸爸工作時的樣子 。我拿着 滑鼠 亂按一通，按出了一個上面寫着 「刪除」 的東西，還被弟弟拍了一下，按了「確定」，不知道把什麼東西刪除了。
	結果：原來我們刪除的是爸爸昨晚 通宵做好的文件 。爸爸知道後很 生氣 ，把我們罵個 狗血淋頭 。
感受	我們都感到很 後悔 。

《誰是哥哥？誰是弟弟？》（P.62-65）

一、1. 最早回到學校；教學的工作
2. 午餐；一面批改學生的習作
3. 為成績稍遜的學生補課
4. 生病；回校上課
5. 準備
6. 習作
7. 學生
8. 教學
9. 用心盡責
10. A

二、1. 然後才馬虎地完成功課
2. 加班工作；做功課；吃晚飯
3. 自己忘記帶功課回家；肚子痛
4. 貪玩
5. 貪玩
6. 懶惰
7. 貪玩懶惰
8. B